Trixie Augustina Wackerhagen

Ein Jahr Groß

❤

Mein Tagebuch über ein aufregendes erstes Jahr

Bibliografische Information der Deutschen Nationalbibliothek: Die Deutsche Nationalbibliothek verzeichnet diese Publikation in der Deutschen Nationalbibliografie; detaillierte bibliografische Daten sind im Internet über www.dnb.de abrufbar.

© 2015 Trixie Augustina Wackerhagen
Herstellung und Verlag:
BoD – Books on Demand, Norderstedt
Illustrationen: Jasmin Keune
Layout: ruesches art – Anke Meyer

ISBN: 978-3-7386-6655-7

Inhalt

❤

Inhalt

❤

Widmung

❤

Dieses Buch widme ich meiner geliebten Tochter Maxima, das ohne sie ganz bestimmt nicht zustande gekommen wäre. Auch meinem Neffen, meiner Nichte und ebenso der Rasselbande vom Mama-Club gehören diese Zeilen. Dank Ihnen, konnten die Geschichten - aus dem wahren Leben gegriffen - erst entstehen.

Meine ersten 92 Tage

Tagebuchstartschuss

♥

Liebes Tagebuch, mein Name ist Marta, und soeben bin ich auf diesem wunderprächtigen Planeten Erde gelandet. Kurz bevor ich aufgebrochen bin, versprach ich meinen lieben Freunden aus dem Himmelreich, diese Abenteuerreise »Leben« festzuhalten. Das ist auch der Grund, warum du, mein liebes Tagebuch, von nun an mein treuer Begleiter sein wirst. Ganze 51 cm, 3040 g, Arme, Beine, Augen, Ohren, Nase, Mund und ein paar Haare bringe ich mit. Mein Herzchen schlägt kräftig, und seit kurzem durchströmt mich dieser unglaubliche Atem, der meinen ganzen Körper zum Leben erweckt. Ich kann mich noch nicht sonderlich bewegen, aber brüllen, das kann ich gut. Liebes Tagebuch, ich glaube meine Himmelreichsfreunde werden mir dieses Wunder nicht glauben können. Alleine diese Reise hierher war schon mehr als abgefahren. Du musst dir vorstellen, in so einer Erdmutterflugzeugmaschine (Mamis Bauch) bekommst du einen ganzen Körper gebaut, du lebst alleine da drin, und doch lebst du da draußen mit. Du kannst es über Wochen und Monate kaum erwarten, deine Eltern kennenzulernen und ein Teil dieser Erde zu werden. Plötzlich wirst du geboren, eine Brise Atem durchströmt deinen Körper, und du lebst. So mein liebes Tagebuch, diese Reise war sehr erschöpfend, ich werde mich jetzt erst einmal ausruhen und dir zu einem späteren Zeitpunkt weiter berichten.

Unsere erste Begegnung

♥

Liebes Tagebuch, nun konnte ich ein bisschen zu Kräften kommen. Während der Zeit in der Erdmutterflugzeugmaschine konnte ich meine Mami schon ganz gut kennenlernen. Immerhin habe ich sie ganze 261 Tage auf Schritt und Tritt begleitet. Ihre Gefühle, ob fröhlich aufbrausend, ängstlich oder wütend – ich habe alles miterlebt und würde mal behaupten, dass sie ein richtiger Wirbelwind ist. Sie hat mir eine gemütliche, aber auch bunte und aufregende Zeit bereitet. Meine Mami hat mit mir rund um die Uhr gesprochen und jede ihrer Handlungen kommentiert. Wie auch immer, Mami, Papi und ich, wir alle konnten unser erstes Treffen kaum erwarten. So lange habe ich mir diesen ersten Moment ausgemalt, und er war schöner, als ich es mir je hätte erträumen können. Herz an Herz auf dem warmen Körper meiner Mama, kurz darauf die großen sanften Hände meines Papas, seine liebenden Worte. Es war der Moment, in dem ich wusste: Wir gehören zusammen. Ein Gefühl von tiefer Dankbarkeit, Liebe und Freude durfte ich erfahren. Es ist wie der Fall in ein federndes Nest. Am Ende und Anfang aller Dinge zählt doch nur eins, und das ist die Liebe.

Eine Familie zum Verlieben

❤

Liebes Tagebuch, die ersten Stunden hier auf Erden sind aufregender, als ich dachte. Nach einer intensiven Schmusestunde mit Mami und Papi fing die eigentliche Begrüßungszeremonie erst an. Von Nord und Süd sind sie alle angereist, um mich zu begrüßen. Sie alle haben mich sanft berührt, geküsst und gewogen. Liebes Tagebuch, wenn ich doch nur eine Postkarte an meine lieben Freunde aus dem Himmelreich senden könnte, würde darauf geschrieben stehen:

❤

Liebe Freunde des Himmelreichs, ich bin gut angekommen. Es riecht, es ist laut und grell hier auf Erden, doch durfte ich in eine liebende Familie geboren werden, und meine Ankunft wurde von allen Seiten mit großer Freude verbreitet. Ein richtiger Wirbel um mein Kommen, wie eine echte Prinzessin werde ich empfangen – einfach herrlich.

Gruß und Kuss,
euer Engel Marta

Endlich daheim

❤

Liebes Tagebuch, wie wunderbar! Heute durfte ich mein neues Daheim kennenlernen. Mami und Papi waren voller Stolz und Vorfreude, mich mit nach Hause zu bringen. Ein großer Schritt – immerhin haben sie vor ungefähr 72 Stunden ihr Heim zu zweit verlassen, und zurück kehren sie mit einer ganzen Portion Menschenkind. Sie sind sehr aufgeregt und hoffen, alle Vorbereitungen auf mein Kommen zu meiner vollsten Zufriedenheit getroffen zu haben. Liebes Tagebuch, der Wirbel um meine Anreise war noch nicht einmal in Mamis Bauch zu überfühlen. Ich kann nur sagen, sie haben meine Erwartungen übertroffen, und es hat sich großartig angefühlt, das erste Mal unser Nestchen zu beschnuppern. Diese wohltuende Stille, dieser feine Geruch und dieses angenehme Licht waren einfach zum Wohlfühlen. Mami hat mich in meinen Schaukelkorb gelegt, und beide haben sie mich stundenlang bewundert. Ich war einfach nur froh, in Ruhe meinen Träumereien nachgehen zu können. Weißt du, liebes Tagebuch, wenn man so eine lange Reise hinter sich hat, sehnt man sich nach viel Träumerei – immerhin haben wir kleinen Geschöpfe dieser Erde vor kurzem ein ganzes Himmelreich verlassen.

Schlaflose Nächte

♥

Liebes Tagebuch, in letzter Zeit bekomme ich nachts immer sehr große Angst. Alles ist dunkel und still. Der Lärm, die vielen Gerüche und Klänge des vergangenen Tages steigen auf und lösen große Unruhen in mir aus. Meine Mami denkt oft, ich hätte Hunger oder mein Höschen müsse frisch gemacht werden, aber das ist es nicht. Ich möchte einfach nur ihren Herzschlag fühlen und mich in Sicherheit wissen. Mami klagt seither über schlaflose Nächte, und manchmal ist sie sogar ganz verzweifelt. Sie weint sich dann bei allen Omis und allen Freundinnen aus. Neulich hat sie sogar ihr Leid einer Dame an der Kasse geklagt. Liebes Tagebuch, Mami und Papi sind doch alles, was ich habe. Es tut mir wirklich sehr leid, wenn ich sie traurig stimme, doch derzeit bin ich nachts zu sehr mit meinen Tagesverarbeitungen beschäftigt. Liebes Tagebuch, ich bin mir sicher, dass es mit mir bald besser sein wird. Für so einen kleinen Erdenbürger, wie ich es bin, ist das hier auf Erden eben alles sehr aufregend. Ich brauche einfach noch ein bisschen Zeit, mich an dieses turbulente Leben zu gewöhnen.

Wenn Mamis es nicht besser wissen

♥

Liebes Tagebuch, ich bin Mamis erstes Baby, und entsprechend uner-
fahren ist sie auch. Meine Mami meint manchmal, ich sei müde, obwohl ich gar nicht müde bin. Aber nein, wenn sie meint, ich sei müde,
macht sie alles, damit ich schlafe. Ihre Geheimwaffe ist mein Püppimobil (auch Kinderwagen genannt). Mein Püppimobil wird dann so
lange geschuckelt und gewackelt, bis ich vor lauter Verzweiflung
meine Augen schließe. Da möchte ja kein Mensch freiwillig drinsit-
zen. Also schließe ich meine Augen und versuche diesen Sturm zu
verschlafen. Liebes Tagebuch, es ist nicht so, als hätten Mitleidende
meine Mami nicht schon mal auf ihre Wackelmethoden angespro-
chen. Doch sie erklärt sich dann immer ganz flink, mit einem selbst-
sicheren Lächeln auf den Lippen: »Mein Baby mag das so«. Wenn sie
doch nur wüsste, dass ich einzig und allein aus reiner Hilflosigkeit
meine Augen schließe.

Alles zu seiner Zeit

❤

Liebes Tagebuch, Mami und Papi sind mit mir auf ein richtig großes und hübsches Festchen gefahren. Für einige Stunden fand ich das alles auch ganz toll. Meine Augen wurden immer größer, denn ich wollte um nichts auf der Welt etwas verpassen. Mit einem breiten Grinsen im Gesicht habe ich jeden freudig angelächelt und wurde von Arm zu Arm gereicht. Die Leute waren von meinem sonnigen Wesen ganz begeistert, sie schwärmten davon, was für eine ausgeglichene junge Dame ich sei, immer nur am Strahlen. Mami platzte fast vor Stolz, und ihr Honigkuchenlächeln war gar nicht mehr wegzudenken. Doch irgendwann wurde mir dieses Geschnatter und Gegrinse zu viel. Ich wollte einfach nur noch meine Ruhe. Mir blieb nichts anderes übrig, als lauthals zu brüllen (ein bisschen Gemeckere hätte da nicht mehr geholfen). Liebes Tagebuch, von diesem Augenblick an wollte mich keine Menschenseele mehr herumtragen, und ich landete prompt auf Mamis Arm. Die war sichtlich überfordert, denn selbst ihre Wackelmethoden in meinem Püppimobil halfen nichts mehr. Die Blicke der Leute waren auf einmal mitleidend: »Ohhhh, was hat sie denn?« Meine Mami wurde immer hektischer, als wollte sie um sich schreien: »Weiß ich doch auch nicht, verdammte Axt.« In einem Affentempo verließen wir das Fest und verbrachten den Abend im großen Mama-Papa-Bett. Mittlerweile kann Mami meine Warnsignale besser zuordnen und hat verstanden, die Feste dann zu verlassen, wenn sie am schönsten sind.

Weniger ist manchmal mehr

♥

Liebes Tagebuch, heute habe ich mit meiner Mami etwas ganz Wunderprächtiges erlebt. Sie ist mit mir zu einer Gymnastik für kleine Erdenbürger gefahren. Immerhin bin ich jetzt schon ganze 77 Tage auf dieser Erde und groß genug, um mit meiner Mami so richtig ausgehen zu dürfen. Wir waren eine kleine Gruppe desselben Jahrgangs, der eine vier Tage älter oder jünger als der andere, nicht nennenswert. Während unsere Mamis verschiedene Lieder für uns trällerten, durften wir nackig vor ihnen liegen und diese einmalige Atmosphäre mit den verschiedenen Tönen aufsaugen. Mir ist aufgefallen, dass jede Mutti ihren ganz eigenen Gesangsstil verfolgt. Das war auch wirklich alles sehr spannend, doch nach einer gewissen Zeit hat es uns einfach gereicht, und so fingen wir allesamt bitterlich an zu weinen. Wir wollten ihnen einfach nur zu verstehen geben, dass es genug war. Nach einiger Zeit hätte man annehmen können, dass sie uns ärgern wollten. Denn je lauter wir wurden, desto lauter trällerten sie, fuchtelten mit ihren Händen vor unseren Gesichtern herum und zogen irgendwelche Grimassen. Nichts für ungut, sie werden schon noch lernen, dass manchmal weniger mehr ist.

Mein Lieblingsplatz

♥

Liebes Tagebuch, schon jetzt habe ich einen Lieblingsplatz, und der heißt Mamis Brust. Ich liebe es, auf ihrem Arm zu schlummern, ihren Herzschlag zu fühlen und währenddessen ein bisschen von der leckeren Milch zu kosten. Vor lauter Genuss und Wohlempfinden schlummere ich ein und träume in Ruhe und Frieden vor mich hin. Wie ich dir vor Kurzem berichtet habe, brauchen wir kleinen Geschöpfe dieser Erde viel Zeit zum Träumen. Es ist der Ausgleich zu diesen unendlich vielen Eindrücken und Erlebnissen. Mein Lieblingsplatz hat so vieles zu bieten. Ich kann immer darauf zurückgreifen – egal wo und wann. Manchmal muss ich ein wenig energischer werden, aber zur Not eben immer und überall. Sei es im Restaurant, in der Straßenbahn, auf einer Parkbank oder gar im Flugzeug. Meine Omi sagt, Mami solle mir nur zu bestimmten Zeiten etwas Milch geben, doch dieser Ort hat eine wesentlich höhere Bedeutung für mich als nur die, mich zu speisen. Die großen Menschen scheinen einen solchen Ort nicht mehr zu besitzen, das tut mir sehr leid für sie – wenn sie nur wüssten, wie schön das ist.

Papis Königin

♥

Liebes Tagebuch, mein Papi macht mir täglich Liebesbeweise, und den allergrößten möchte ich dir jetzt mal erzählen. Du musst wissen, mein Papi liebt sein Auto über alles. Sein Auto bekommt nach mir und vielleicht Mami am meisten Aufmerksamkeit. Es wird geschniegelt und gebiegelt, gehegt und gepflegt. Wie ich erfahren habe, musste Mami ganz lange Zeit einen Schoner unter ihren Popo legen, damit sie die Polster nicht beschädigte. Zudem durfte sie in Papis Auto weder essen noch trinken, egal ob sie fast verdurstete oder verhungerte. Doch früher war früher, und jetzt ist jetzt. Damit es für mich so angenehm wie möglich ist, möchte Papi, dass Mami mein Hüngerchen im Auto stillt, und auch das überladene Windelchen wechseln sie in Papis geliebtem Herrn Sause Braus. Liebes Tagebuch, für mich macht Papi alles möglich. Für meine Mami hat es auch was Schönes, seither darf sie wieder ohne Schoner im Auto sitzen und ihr Hüngerchen mit einer großen Tüte von McDonald's stillen.

Fieber ist doof

♥

Liebes Tagebuch, gestern ging es mir gar nicht gut. Mein ganzer Körper war müde und erschöpft, und mir war auch ganz heiß, und alles war doof. Ich musste sehr laut weinen, und weder Mami noch Papi konnten mich beruhigen. Sie begannen lauthals zu überlegen, was mir nur fehlen könnte. Nachdem sie mir zwei Mal das Windelchen gewechselt, mich umgezogen, mir etwas vorgesummt hatten und selbst mein Lieblingsplatz (Mamis Brust) nichts mehr brachte, nahm Mami ihr heiliges Gerät in die Hand und rief Omi an. Meine Omi ging ganz pragmatisch an die Sache heran und schlug vor, dass sie mir erst einmal Fieber messen sollten. Gesagt, getan, ich hatte ordentlich hohes Fieber, und alle hatten großes Verständnis für meine vielen Tränen. Glücklicherweise hatte Mami die passende Medizin parat. Das Mittelchen wirkte Wunder, und im Nu konnte ich endlich meine schweren Äugelein schließen. Mamis Schwester, meine Tante Sisu, ist schon eine Profimami, und die sagte, Mami solle sich nun ein bisschen beruhigen, denn in den meisten Fällen komme das hohe Fieber so schnell, wie es auch wieder gehe. Tante Sisu hatte Recht, denn heute sieht die Welt schon wieder ganz anders aus. Nur meine Mami nicht, die scheint noch ein wenig mitgenommen zu sein.

Erlebtes aus den Tagen
92-180

Aus vollem Herzen

♥

Liebes Tagebuch, kurz nach meiner Ankunft auf diesem wunderbaren Planeten Erde glitt mir – hin und wieder – ein leichtes Lächeln über die Lippen. Meine Omi nannte es das Engelslächeln, und wenn man so möchte, hatte sie auch Recht, denn während meiner Träumereien und schönen Erinnerungen an das Himmelreich musste ich öfter einmal schmunzeln. Irgendwann kam die Zeit, wo ich merkte, dass sie mich alle anlächelten, und ich begann zurückzulächeln. Liebes Tagebuch, du kannst dir gar nicht vorstellen, wie die sich alle gefreut haben. Sie lächelten um die Wette, nur um von mir ein kurzes Lächeln zu erhaschen. Das war auch alles sehr schön, doch auf einmal kam der Tag, an dem ich gemerkt habe, wie toll es ist, laut zu lachen, und ich begann alles und jeden um mich herum sehr witzig zu finden. Meine Mami kann besonders witzige Geräusche machen, zum Beispiel wie ein Schweinchen grunzen. Das finde ich dann so witzig, dass mein ganzer Bauch wackeln muss. Liebes Tagebuch, meist dauert es gar nicht lange, dann grunzen sie alle wie kleine Schweinchen. Sie wollen alle mit mir lachen, bis unsere Bäuche wackeln. Doch meist finde ich es dann schon wieder langweilig und möchte Neues hören und sehen. Eines ist gewiss: Es wird immer etwas geben, dass mich zum Lachen bringt.

Luxus

♥

Liebes Tagebuch, mein Körper ist das Tollste auf der ganzen Welt. Ich entdecke jeden Tag Neues an ihm. Meine Hände und Füße kann ich schon in den Mund stecken. Das ist einfach großartig. Jeden Tag werde ich ein bisschen größer, jeden Tag kann ich ein bisschen mehr. Wenn ich meinen lieben Engeln aus dem Himmelreich das nur zeigen könnte. Die werden es kaum glauben können, wenn ich ihnen eines Tages von diesem Wunder »LEBEN« berichten werde. Liebes Tagebuch, die großen Menschen dieser Erde scheinen mir manchmal gar nicht so stolz auf ihren Körper zu sein wie wir Kleinen. Zumindest habe ich Mami, Papi, Omi oder Opi noch nie vor Freude über ihren Körper strotzen sehen, meine kleinen Freunde hingegen immer. Die können sich genauso über ihre Hände und Füße freuen wie ich. Auch über ihre ersten Bewegungskünste und die verschiedensten Stimmlagen. Ich finde, die Großen sollten mal nicht alles immer so selbstverständlich nehmen und ein bisschen mehr Dankbarkeit und Freude zeigen. Da streben sie nach so viel Luxus und vergessen dabei, dass sie ihren größten mit sich herumschleppen.

Perfekt war vorgestern

♥

Liebes Tagebuch, heute war ein ganz aufregender Tag. Meine Mami und ich sind in die große Stadt gefahren, um dort mit Tante Minna einen Mädchennachmittag zu verbringen. Mami wollte uns beide dafür besonders hübsch herausputzen. Zu meinem Leid wurde ich ganze drei Mal umgezogen, soll Mami doch bitte ihre Unentschlossenheit nicht an mir auslassen, wo ich es doch so gar nicht mag, angezogen zu werden. Würde es nach mir gehen, gäbe es nämlich gar keine Kleidung. Nach einer gefühlten Ewigkeit war ich nun endlich rosa-grau gestreift gekleidet, und Mami platzte fast vor Stolz. Ihr fröhliches, besonders gut gelauntes Lächeln änderte sich schlagartig, als sie mich nach der Ankunft aus dem Auto in mein Püppimobil umladen wollte. Sie rümpfte ihre Nase und musste feststellen, dass mein hübsches Kleidchen von einer unschönen Note übersät war und sie keine Ersatzkleidung dabeihatte. Es gibt wahrlich Schlimmeres, doch so langsam sollte sie gelernt haben, dass man mit kleinen Geschöpfen auf dieser Erde keine allzu perfekten Pläne schmieden sollte.

Mamas Mama-Club

♥

Liebes Tagebuch, wenn Mami mit mir nicht mehr weiterweiß, zückt sie gerne mal ihr mobiles Gerät und haut wie verrückt auf den Tasten herum. Dabei nuschelt sie dann ganz nervös:»Gunnaa, Biggggi, Annii, bitte, bitte antwortet.«Diese Damen sind Mamis Mama-Freundinnen. Kennengelernt haben sie sich als Paulin, Antoni, Gustav und ich noch in der Erdmutterflugzeugmaschine gehaust haben. Wir sind mittlerweile auch schon richtige Freunde geworden, immerhin verbindet uns alle die Unerfahrenheit unserer Mütter. Das ist auch der Grund, warum sie sich zusammengetan haben. Gibt es Unsicherheiten, Ängste oder Sorgen, tauschen sie sich im sogenannten Mama-Club-Chat aus. Auch mein Papi ist ein großer Fan des Mama-Clubs. Nicht nur, weil er Mami und mich in guten Händen weiß, sondern auch, weil er bei unlösbaren Diskussionen (z.B.: ich brülle seit Stunden) Mami gleich auf den Chat verweist. Die Vereinigung unserer Mamis hat viele tolle Seiten, bringt jedoch auch die eine oder andere Verwirrung mit sich. Denn eine Mami-Frage ergibt vier Mami-Antworten, und vier Antworten führen gerne mal zu vier verschiedenen Versuchen. Liebes Tagebuch, auch wenn bei uns manchmal ein liebevolles Chaos herrscht, es wird nicht langweilig. Außerdem trifft an dieser Stelle wohl Mamis Motto zu:»Geteiltes Leid ist halbes Leid.« So darf ich mich glücklich schätzen, ein Teil der Bande von Paulin, Antoni und Gustav zu sein.

Das erste Mittagsmenü

♥

Liebes Tagebuch, heute möchte ich dir von meinem ersten Mittags-menü à la Mama berichten. Meine Mami studiert seit mindestens vier Wochen ein Büchlein über die erste Kost kleiner Erdenbürger, und zusätzlich holt sie sich auch noch Tipps und Tricks von ihren Mami-Freundinnen ein. Manchmal scheint sie aus solchen »Runden« ganz verwirrt rauszugehen, denn im Anschluss sagt sie gerne ein-mal: »Martalein, jetzt weiß ich gar nicht mehr, wie ich es am besten machen soll. Eigentlich kann man ja nicht so viel falsch machen, aber man weiß ja nie.« Heute Mittag um Punkt zwölf Uhr war es dann end-lich so weit. Es gab Möhre à la Mami, und ihre Neugierde, wie ich wohl auf meinen ersten Happs reagieren würde, war nicht zu über-fühlen. Ich glaube meine Mami hatte mit allem gerechnet, aber nicht damit, dass ihr liebevoll gekochtes Mittagsmenü bei mir einen der-artigen Würgereiz auslöst, dass ich keinen einzigen Happs herunter-bekomme.

♥

Verspätetes PS: Liebes Tagebuch, es sind nun 63 Tage ver-gangen, seit ich dir von meinem ersten Menü berichtet habe. Es hat sich nun alles eingespielt. Ich bin ein großer Fan von Mamis Küche und bekannt als Raupe Nimmersatt.

Lasst mich doch auch mal jammern

♥

Liebes Tagebuch, ich liebe jede Entdeckung auf diesem Planeten Erde, und ich liebe, es ein Teil dieser Welt zu sein. Ich liebe es zu lachen, ich liebe es zu trällern und ebenso liebe ich es zu weinen und wenn nötig auch zu brüllen. Es gibt Tage, an denen ich lieber lache, und es gibt Tage, an denen ich lieber weine. Meine Mami findet letzteres nicht immer ganz so angenehm. Sobald mein leichtes Weinen in ein lautstarkes Brüllen umschlägt, neigt sie zu hektischen und nervösen Handlungen. Ganz besonders nervös wird sie, wenn wir unterwegs sind oder Besuch da ist. Es ist immer sehr bemerkenswert, wie viele Gesichter zu mir herabblicken und mich fragen: »Martalein, warum weinst du denn?«, und im nächsten Moment blicken sie zu meiner Mami: »Was hat sie denn?« Das sind diese Momente, wo Mami immer so tut, als hätte sie die Gelassenheit mit Löffeln gefressen. Liebes Tagebuch, meine Mami braucht jedenfalls mir nichts vorzumachen, ihre Unruhen übertragen sich auf mich – auch ohne Worte. Mindestens eine Million Gründe rattern durch ihren Kopf, warum ich nur so viel weine. Die Wahrheit ist, dass ich manchmal einfach unzufrieden bin. Manchmal will ich mehr können, als ich kann, und das stimmt mich wütend. Sie sollen mich dann einfach mal weinen lassen, es nicht persönlich nehmen und mir zuhören.

♥

PS: Es ist ja nun nicht so, als gäbe es immer nennenswerte Gründe, wenn Mami »mal« jammert.

Nieee mehr wieder

♥

Liebes Tagebuch, meine Omis, Opis, Tanten und Onkels wohnen einige Sause-Braus-Stunden von uns entfernt. Das ist ganz prima, denn so bin ich schon jetzt eine richtige Jetset-Lady. Die langen Fahrten machen mir nicht mehr ganz so viel aus. Allerdings mussten Mami und Papi erst einmal auf nervenzerreißende Weise lernen, dass sie mit mir am besten lossausen, wenn ich vor Müdigkeit in meinen ausgiebigen Elfenschlaf falle. Bei Langstrecken bevorzuge ich es, nachts zu fahren, und bei mittleren Touren eignet sich die Mittagszeit. Ich erinnere mich an die erste große Heimreise aus dem Familienurlaub, schlappe 880 km weit. Papis Herr Sause Braus war bis obenhin beladen, und ich befand mich inmitten des Chaos auf der Rückbank. Überaus langweilige Sitzgefährten wie Koffer, Taschen und Tüten umgaben mich. Wir fuhren in den frühen Morgenstunden los und wurden durch einen blöden Stau so schnell ausgebremst, wie wir losgefahren waren. Als wir ankamen, war es spät in der Nacht. Es lagen ganze 13 Stunden Fahrt, lautes Gebrülle und Geheule hinter uns, mit einer Mami, die vor lauter Mitleid mit mir weinen musste und einem verzweifelten Papi, der am Ende nichts mehr sagte. Die Stimmung in unserem lieben Herrn Sause Braus war so schlecht wie nie zuvor. Mit der sonst so fröhlich trällernden Familie hatte das nichts mehr zu tun. Eines weiß ich: Das wird ihnen nieeeee mehr wieder passieren.

Der Zahn ohne Fee

❤

Liebes Tagebuch, letzte Nacht musste ich sehr viel weinen, denn das erste Zähnchen war bereit, aus seiner Höhle zu kommen. Wer hätte gedacht, dass das so schnell gehen kann und vor allem so unwahrscheinlich schmerzt? Meine Mami zumindest hat heute Nacht keinen Gedanken daran verschwendet. Ganz im Gegenteil, sie hat lauthals gestöhnt und verzweifelt gefragt: »Ach Marta, was ist denn nur los mit dir? Dein Höschen ist trocken, Mami und Papi sind da, und Hunger kannst du auch nicht haben.« Liebes Tagebuch, manchmal ist meine Mami schon ein bisschen komisch. Da witzelt sie seit Wochen über mich – ihr zahnloses Baby –, und wenn es dann so weit ist, bemerkt sie es noch nicht einmal. Halleluja. Naja, auch Mamis sind nicht als Meisterinnen vom Himmel gefallen.

❤

PS: Als sie heute Mittag endlich die weiße Spitze meines ersten Zähnchens entdeckt hat, tat es ihr sehr leid, sie knuddelte und küsste mich.

Frau Will kann noch nicht

♥

Liebes Tagebuch, nun kann ich schon so vieles, aber noch lange nicht das, was ich alles können will. Warum nennen sie mich denn alle Frau Meckerich und nehmen meine Unstimmigkeiten nicht ernst? Manchmal will ich nicht auf den Arm, und ich will nicht essen und auch nicht trinken, krabbeln will ich nicht, spielen auch nicht und schlafen schon gar nicht. Ich will doch einfach nur aufstehen können und loslaufen, so wie Mami. Es stimmt mich manchmal einfach wütend, nicht ganz so flink zu sein wie Mami, Papi, Omi oder Opi. Es ist doch mehr als selbstverständlich, dass ich schimpfen muss, wenn das alles noch nicht so klappt. Liebes Tagebuch, anstatt dass sie ein bisschen mehr Verständnis für meine Situation aufbringen, lachen sie über mich und fragen:»Frau Meckerich, wie können wir Ihnen helfen?« Ist das nicht alles einfach nur ganz gemein?

Sie ist nicht perfekt, aber sie liebt mich

♥

Liebes Tagebuch, wie ich dir schon einmal berichtet habe, bin ich Mamis erstes Baby. Manchmal wackelt sie mein Püppimobil, obwohl ich nicht müde bin, manchmal will sie mich füttern, obwohl ich gar nicht hungrig bin, und manchmal will sie mit mir spazieren gehen, obwohl ich viel lieber herumflitzen würde. An manchen Tagen zieht sie mich viel zu warm an, und an anderen vergisst sie sogar, mir ein paar Söckchen überzuziehen. Liebes Tagebuch, all diese Dinge sprechen nicht unbedingt für eine perfekte Mami, und trotzdem ist sie für mich mehr als das. Es verging noch kein Morgen, an dem sie mich nicht voller Freude mit einem herzigen »Guten Morgen Zaubersterni« aus dem Bettchen geholt hätte und kein Abend, an dem sie mir nicht liebevolle Worte ins Ohr gehaucht hätte. Sie tanzt mit mir durch die Wohnung, singt mir verschiedenste Lieder vor – gerne auch mal selbst komponierte – und krabbelt mit mir durch alle Räume, um mir eine Freude zu bereiten. Wenn ich nicht einschlafen kann, streichelt sie mir das Haar und summt mir sanfte Lieder vor. Es vergeht kein Tag, an dem wir nicht herumscherzen und lachen. Sie ist nicht perfekt, aber sie liebt mich.

Klangvariation à la Marta

❤

Liebes Tagebuch, ich liebe es zu schnattern. Diese Leidenschaft habe ich ganz bestimmt nicht gestohlen, ich kenne nämlich keinen, der so viel schnattert wie meine Mami. Mein Papi redet noch nicht einmal halb so viel. Ich weiß natürlich nicht, ob Papi gerne mehr erzählen würde und nicht zu Wort kommt oder ob er einfach ein bisschen anders ist. Ich »ranggge« jedenfalls für mein Leben gerne. Das klingt ungefähr so: »Rrrang – rrrang – rrrang« und hat eine unwahrscheinlich beruhigende Wirkung auf mich. Ich kann sogar so lange »ranggen«, bis ich in den Schlaf gesunken bin. Mami und Papi finden das auch immer ganz toll. Doch seit meiner Neuentdeckung – Wechsel vom hohen Ton zum noch höheren Ton und wieder zurück – klagt Papi über Ohrensausen und flitzt mit Ohrenstöpseln durch die Wohnung. Liebes Tagebuch, doch neulich ist mir ein lautes »Addddaaaabaabaaa« herausgerutscht, und da geschah etwas ganz Seltsames. Mein Papi, der bei lauten Tonlagen immer vor sich hin brummt: »Marta, bitte nicht so laut«, strahlte über beide Ohren. Das soll Kind mal verstehen!

Erlebtes aus den Tagen

180-275

Der Krümeleffekt

♥

Liebes Tagebuch, meine Omi ist eine ganz modebewusste Omi. Sie kennt die Trends der Zeit und ist Mitglied im Strickclub. Omis Mami, also meine Uromi, ist Chefin des Clubs und hat ihre Handarbeiterinnen bestens im Griff. Liebes Tagebuch, seit Omi von meinem Kommen erfahren hat, ist sie Uromis fleißigster Schützling. Sie strickt auf ihrem Gebiet die trendigsten Outfits von rosa-grau getupft bis hin zu creme-rose gestreift. Nicht nur in Sachen Stricktrends ist sie auf der Überholspur, sondern auch in Sachen Kinderlädchen abklappern. Sie kennt sie, die Lädchen ihrer Stadt. Mein Opi sagt, dass meine Omi ihre Zeit auf Reisen am liebsten damit verbringe, die neueste Mode für kleine Mäusekrümel zu durchforsten. Sie wandert zielstrebig von Boutique zu Boutique und könnte sich stundenlang darin aufhalten. Mein Opi hat zum Glück ein sehr zufriedenes Gemüt, denn er findet immer ein gemütliches Café um die Ecke und ist froh, dass Omi ihre Freude hat. Was früher Sightseeing war, ist heute »Krümel-Shopping«. Liebes Tagebuch, es ist doch verrückt, wie ich mit meinen 200 Tagen und ein paar Zerquetschten das Leben einer ganzen Großbande auf den Kopf stellen kann. Meine kleinen Freunde können das ebenfalls sehr gut. Es scheint so, als wären wir alle mit einem Krümeleffekt ausgestattet worden.

Rückwärts einparken

♥

Liebes Tagebuch, ich muss dir unbedingt von meiner neuen Entdeckung berichten. Ich kann jetzt schon auf dem Bauch liegen und mich mit meinen Händen nach hinten schieben. Wenn man so will, dann kann ich schon rückwärts einparken. Nur doof, manchmal komme ich nicht mehr aus der Lücke hinaus. Neulich bin ich unters Bett eingeparkt und blieb doch tatsächlich darunter stecken. Denn mein Kopf war zu groß, um vollständig unter dem Bett einzuparken, und vorwärts klappt irgendwie auch noch nicht so richtig. Meine Mami muss mich dann immer abschleppen. Doch in solchen Situationen steht sie meist vor mir, muss laut lachen, und bevor sie mich rettet, läuft sie los und schreit:»Marta, ich hol nur noch schnell die Kamera.« Manchmal ist meine Mami schon ein bisschen gemein: Wenn sie mich in Sicherheit weiß, lässt sie sich gerne auch mal ein Minütchen mehr Zeit und knippst wie wild von links und rechts auf ihrem komischen Apparat herum.

Das magische Wörtchen »Nein«

♥

Liebes Tagebuch, das Wörtchen »Nein« mag ich ganz besonders gerne. Es hat etwas Aufregendes an sich. Wenn es heißt: »Nein, nein, nein«, kann es sich nur um etwas ganz Besonderes handeln. Ich glaube, es ist Mamis und Papis Lieblingswort. Sie betonen dann immer meinen Namen, heben ihren Finger und sagen: »Nein, nein, nein!« Ich finde das ganz toll! Mittlerweile kenne ich auch schon viele Plätze, wo sie es sagen. Bei diesen kleinen Einbuchtungen in der Wand, wo man seinen Finger so schön hineinstecken kann, da sagen sie immer »Nein«, und weil ich das so toll finde, schaue ich, ob jemand schaut, hebe meinen Finger langsam in Richtung Loch und lache, bevor es wieder heißt: »MARTA, NEEEEEIIIIIIN!«

Schlemmende Vorbilder

♥

Liebes Tagebuch, das Leben ist so herrlich. Es gibt so viele Leckerei-
en, und jeden Tag kommt ein neues Geschmäcklein dazu. Ich mag
vielleicht klein sein, doch weiß ich schon jetzt, was meinem Gaumen
besondere Freuden bereitet. Neulich durfte ich sogar von Mamis
Vanilleeis naschen, und das war das Leckerste, was ich je in meinem
ganzen Leben gegessen habe. Meine Mami hat gesagt, dass das eine
absolute Ausnahme sei und so viel Zucker gar nicht gesund für mich
sei. Seit ich weiß, wie lecker Süßis sind, möchte ich natürlich auch
immer mitnaschen. Während Mami und Papi köstlichsten Süßkram
schlemmen, drücken sie mir gerne mal so einen doofen Dinkelkeks
in die Hand, als wäre ich ein bisschen blöd. Ist doch klar, dass ich
da protestieren muss, sonst würden sie ja noch meinen, ich wüsste nicht, was da vor sich geht. Da sagen sie immer, ich solle meine
Spielsachen teilen und zu viel Zucker sei ganz schlecht für mich, und
selbst stopfen sie in meiner Anwesenheit genüsslich die »ach so un-
gesunden Dinge« in Massen in sich hinein und wollen noch nicht
einmal teilen. Ich bin vielleicht klein, aber ganz bestimmt nicht doof.

Eine Mäusekrümelgesellschaft

♥

Liebes Tagebuch, gestern durfte ich wieder mit ganz vielen Kindern zusammen sein. Manche sind genau so klein wie ich und andere ein bisschen größer. Meine Mami weiß, dass ich besonders glücklich bin, wenn ich mich in einer Gesellschaft voller Mäusekrümel bewege. Das ist auch der Grund, warum sie mit mir die Gruppe »Schlaubären und Engelchen« besucht. Weißt du, liebes Tagebuch: Wir kleinen Geschöpfe dieser Welt können uns an so vielen Dinge erfreuen, die die Großen gar nicht mehr sehen oder verstehen. Wir können uns gegenseitig extrem witzig, aber auch unheimlich erschreckend finden, und wir machen kein Geheimnis aus unseren Gefühlen. Wir können miteinander lachen, weinen und gar brüllen. Wir weinen schon mal gerne aus Solidarität, und wenn es sein muss, brüllen wir auch mit. So schnell, wie wir weinen, so schnell lachen wir auch wieder. Wir lieben es, uns gegenseitig zu beobachten, und das ist auch der Grund, warum wir alles so blitzschnell erlernen. Wir sind einfach so, wie wir wirklich sind. Wir kennen nur die Wörtchen »echt« und »ehrlich«. Wenn die großen Menschen meinen, wir würden nichts mitbekommen, haben sie sich vertan. Wir mögen vielleicht noch nicht so schlau sein wie sie, aber in Sachen Fühlen stehen wir ihnen in keinster Weise nach. Ganz im Gegenteil, da würden sie sich von uns lieber mal eine Scheibe abschneiden.

Neue Toilette – nein danke

♥

Liebes Tagebuch, ich verstehe einfach nicht, was es mit diesem hundertmal An- und Ausziehen der neuen Toilette (auch Windel genannt) auf sich hat. Wozu bitte dieser ganze Aufwand? Mir bringt es keinen Spaß, meinen ganzen Freunden bringt es keinen Spaß, und den Mamis bringt es auch keinen Spaß. Ich bin nun endlich so mobil geworden, dass ich meinen Unmut kundgeben und mich dem Windelwechseln entziehen kann. Liebes Tagebuch, das geht mittlerweile ganz einfach: Beine in die Höhe, *schwupp* umdrehen und versuchen, so schnell wie möglich davon zu flitzen. Mami flucht dann immer, drückt mir irgendetwas in die Hand und fuchtelt wie wild vor meiner Nase herum, als gäbe es keinen Morgen mehr. Doch auf dieses Ablenkmanöver falle ich nicht mehr herein. Warum lässt sie mich nicht einfach nackig? Das habe ich am allerliebsten. Auch meinen Freunden gefällt das am allerbesten. Es gibt Dinge, die Mamis einfach nicht verstehen.

Käfig statt Hausarbeitshilfe

♥

Liebes Tagebuch, seit kurzem befindet sich in unserem Wohnzimmer so ein großes, rundes Ding aus Holz, es sieht aus wie ein Käfig für kleine Erdenbürger – so einen hat mein Kumpel Gustav nämlich auch zu Hause herumstehen. Mami setzt mich darin gerne mal ab und flitzt wie Frau Sause Braus durch die ganze Wohnung. Sie brabbelt immer vor sich hin: »Martalein, Mami muss ein bisschen Putz und ein bisschen Blitz machen, bin auch gleich fertig, schau, du hast doch so viele tolle Tiere, mit denen du spielen kannst.« Liebes Tagebuch, auch wenn Herr Schafi, Herr Hase, Frau Hühnchen, Herr Schweini, Frau Mausi, Herrn Bärli und Herr Käfer liebenswürdige, kuschelige und gesellsame Freunde sind, sie bewegen sich einfach nicht, und sie sprechen auch nicht mit mir. Ich will doch einfach nur meiner Mami bei der Hausarbeit helfen. Bevor dieser doofe Käfig da war, durfte ich doch auch mit ihr die Wäsche machen. Sie hat sie eingeräumt, und ich habe sie ausgeräumt.

Omaba – die tollste Erfindung der Welt

❤

Liebes Tagebuch, was für ein Glück, dass es so etwas wie Omis und Opis auf diesem wunderprächtigen Planeten Erde gibt. Sie sind ausgeglichen, fröhlich und liebenswürdig. Sie sind das, was die Welt braucht. Sie haben immer ein Stückchen mehr Verständnis als Mami und Papi – ganz besonders für Dinge, die Spaß bereiten. Wenn ich die Klopapierrolle ein wenig vorbereite, indem ich sie schon mal löse, freuen sie sich, wenn ich mit dem Wasser britschel, müssen sie schmunzeln, und Opa macht auch gern mal mit. Bei ihnen existiert das Wörtchen »Nein« so gut wie nie – es sei denn, Mami und Papi sind in der Nähe. Sie wissen, was meinem Gaumen Freude bereitet und lachen, wenn mein Gesicht zuckrig süß strahlt. Wenn ich weine, sagt keiner »Nichts passiert«, sondern sie knuddeln und küssen mich, bis ich wieder lache. Sie nehmen sich immer Zeit, singen, tanzen und lachen mit mir. Liebes Tagebuch, ich bin einfach glücklich, dass die Welt Omis und Opis erfunden hat.

Einhundert und eins

♥

Liebes Tagebuch, ich bin stolze Besitzerin von einhundert und einem Spielzeug. Hier ein Ball und da eine Puppe und hier eine Klapperdose und da eine Quietschente. Da sieht man den Wald vor lauter Bäumen nicht und versucht dem Überfluss zu entkommen. Ich habe nämlich festgestellt, dass ich gar keine Spielsachen brauche. Mami und Papi haben alles, was mir Spaß macht. Es gibt Schubladen mit ganz vielen tollen Sachen darin, es gibt Klopapierrollen und auch Klobürsten, es gibt Handys und Fernbedienungen und auch Schuhe. Puhhhhh, ich könnte da noch so einiges aufzählen. Wozu also dieser ganze Kinderkram? Warum müssen die Großen immer alles so kompliziert machen und teilen sich nicht einfach die Dinge mit uns? Ich würde doch Mami und Papi auch mit meinen Spielsachen spielen lassen. Omi sagte neulich zu Mami, kleine Geschöpfe dieser Erde würden gar nicht früh genug lernen können, die Dinge zu teilen. Liebes Tagebuch, was sind denn das für gute Ratschläge, wenn sie noch nicht einmal die großen Menschen einhalten können?

Katzenwäsche

♥

Liebes Tagebuch, ich glaube, Mami macht nichts lieber, als mich den ganzen Tag zu säubern. Sie nennt es die nötige Katzenwäsche, und ich nenne es ihre Lieblingsbeschäftigung. Liebes Tagebuch, du musst dir vorstellen: Mami putzt mir bereits am frühen Morgen die Zähne und schrubbt mir mit dem Entenwaschlappen über das Gesicht. Zur Mittagszeit macht sie genau dasselbe und abends ebenfalls. Hinzu kommt, dass sie mir zwischendurch die Hände putzt und auch gerne mal meine Füße, Herrn Hempel und Herrn Bempel. An bestimmten Tagen komme ich in die große Wanne und werde auch da wieder geschrubbt. Doch meine Badetage finde ich eigentlich immer ganz toll. Da kann ich mit meinen Enten ein bisschen platschen und, wie Mami immer sagt, das ganze Bad zum See im Haus umfunktionieren. Doch ich mag es nicht sonderlich, wieder aus der Wanne genommen zu werden. Das ist dann immer so kalt, und außerdem muss ich dann wieder in diese doofen Klamotten schlüpfen. Liebes Tagebuch, wie du weißt, liebe ich es, nackig zu sein. Da fühle ich mich immer so fröhlich, frei. Meine Mami und mein Papi laufen nie nackig herum, auch meine Omi und mein Opi nicht. Na dann können sie ja gar nicht wissen, wie wunderschön das ist.

Antrag auf Gleichberechtigung

♥

Liebes Tagebuch, manchmal finde ich es ungerecht, so ein kleines Menschenwesen zu sein. Ich möchte dir mal kurz schildern warum. Nun bin ich schon ganze acht Monate auf diesem Planeten Erde, habe, wie Mami so schön sagt, meinen Turbo entdeckt und kann entsprechend schnell durch unsere Wohnung krabbeln. Man mag nicht glauben, wie flott ich auf allen Vieren unterwegs sein kann. Nur blöd, denn manchmal will ich zu schnell um die Ecke, und dann macht es *Beung*. Ich liege dann da wie ein Käfer, suche nach Mamis Blick und muss anfangen zu weinen. Meine Mami sagt dann immer: »Ach Zuckerschnecke, ist nichts passiert, alles gut, brauchst nicht weinen«, statt dass sie erst einmal genauer hinsieht. Neulich hatte ich sogar eine richtige Beule. Meine Mami hat sie erst einige Zeit danach entdeckt und sich dann geschämt – zu Recht, wie ich finde. Liebes Tagebuch, du kannst dir gar nicht vorstellen, wie oft ich meine Mami »Aua« rufen höre, wenn sie mal wieder vor lauter Heckmeck die Türe mit einem *Bums* streift. Mein Papi muss sich dann auch immer das Gejammer anhören. Die großen Menschen sollen mal nicht immer so tun, als wären sie härter im Nehmen.

Erlebtes aus den Tagen
275-365

Weinen ist so viel mehr als Wasser

♥

Liebes Tagebuch, ich weine sehr gerne. Bis jetzt ist auch noch kein Tag vergangen, an dem ich nicht geweint hätte. Es gibt unendlich viele Gründe zu weinen, und das zu jeder Tages- und Nachtzeit. Meine Tränen können alle meine Gefühlslagen zum Ausdruck bringen, und das ist wohl auch das wichtigste Instrument eines kleinen Erdenbürgers. Wenn ich morgens aufwache und mich keiner hört, so beginne ich im lauten Tonfall zu weinen. Ebenso bei Hunger oder Durst. Ich muss weinen, wenn ich mich nicht verstanden fühle, sehr wütend bin oder weil mich Sterbenslangeweile plagt und ich gar nicht mehr weiß, wohin mit mir. Ich muss weinen, wenn Mami mich mehrmals an- und auszieht und auch, wenn sie mir die hundertste neue Windel umlegt. Ich muss weinen, wenn ich im Zwiespalt des »Ich will, darf aber nicht« stehe und Mami nicht nachgiebig wird. Ich muss weinen, wenn ich ein eigenartiges, lautes Geräusch höre und es nicht zuordnen kann. Ich muss weinen, wenn ich durch einen Alptraum aus dem Schlaf gerissen werde und keiner da ist. Ich muss weinen, wenn ich mich bewegen möchte und im Kinderwagen festgeschnallt sitze und auch, wenn ich stundenlang im Auto festklebe. Ich muss weinen, wenn Mami mir mal wieder etwas wegnimmt und dabei sagt:»Marta, das ist mein Spielzeug.« Ich muss weinen, wenn ich das Gefühl habe, ignoriert zu werden und jedes Telefonat wichtiger ist als ich. Ich muss weinen, wenn ich müde bin und nicht schlafen möchte und auch, wenn ich einfach nur auf Mamis oder Papis Arm kuscheln möchte. Liebes Tagebuch, wie du siehst, gibt es unendlich viele Gründe zu weinen, und ich habe dir noch nicht einmal alle genannt. Ich kann nur sagen, dass Weinen mindestens genau so viel Spaß bereitet wie Lachen.

Warum Mamis jammern

♥

Liebes Tagebuch, vor kurzem habe ich dir von Mamis Mama-Club und meinen Freunden Paulin, Antoni und Gustav berichtet. Wir treffen uns ganz regelmäßig, und es ist immer ein schönes Beisammensein. Einer von uns hat meist ein bisschen schlechtere Laune (immer im Wechsel), aber im Großen und Ganzen würde ich behaupten, dass wir ein bunter, chaotischer und ganz besonders lustiger Haufen sind. Unsere Mamis schnattern eigentlich immer ohne Punkt und Komma. Selbstverständlich über uns, wir vermuten sogar, dass sie gar kein anderes Thema mehr hätten. Es ist auffallend, dass immer eine Mami anfängt, ihr Leid zu klagen, und am Ende quaken alle rein und haben dasselbe Problemchen, und wenn eine nicht betroffen ist, so hat sie unwahrscheinlich gute Ratschläge, wie es besser klappen könnte. Zu Beginn haben sie alle über schlaflose Nächte geklagt. Dann gab es eine Phase, während der alle über ein bestimmtes Buch schnatterten und fest davon überzeugt waren, dass wir alle zur selben Zeit einen sogenannten Schub erlebten und aus diesen Gründen quengelig waren. Und in diesen Tagen wird über das sogenannte »Wickelleid« geklagt. Wenn das einer so liest, könnte er fast meinen, dass es unsere Mamis extrem schwer haben, doch wenn mich einer fragt, erfreuen sie sich schlicht und einfach gemeinsamer Themen. Liebes Tagebuch, dank uns kleinen Mäusekrümeln entstehen ganze Mami-Freundschaften. Wenn das mal nicht für uns spricht.

Rein, raus und runter, rauf

♥

Liebes Tagebuch, es gibt so viele tolle Dinge hier auf Erden. Seit kurzem spiele ich mit Mami am liebsten das Spiel »Rein, raus und runter, rauf«. Sie darf die Dinge einräumen und nach oben stellen, und ich darf sie wieder rausräumen und runterziehen. Das ist ein ganz wunderspaßiges Spiel, weil es meist auch ein bisschen *Beng* macht, und lautere Geräusche finde ich einfach toll. Kurz bevor es knallt, muss ich schon immer meine Äuglein zusammenkneifen. Das Spiel bereitet mir auch besonders große Freude, weil wir es überall und immer spielen können. Sei es vor Mamis Nachtschrank, am Wohnzimmertisch, mit der Küchenschublade und dem Wäschekorb, am Badewannenrand, vor dem Schuhschrank oder dem Getränkekorb, um nur einige Orte zu nennen. Wenn ich ganz ehrlich sein soll, bin ich mir nicht ganz so sicher, ob Mami das Spiel genauso super findet wie ich. Sie schnauft schon gerne mal lauter und sagt dann: »Marta, wo soll das hinführen? Du verwüstest unsere ganze Wohnung!« Ich verstehe Mami nicht, das ist doch gerade das Tolle an diesem Spiel.

Der frühe Vogel fängt den Wurm

❤

Liebes Tagebuch, wie ich dir vor einiger Zeit berichtet habe, hat meine Mami über Wochen und Monate ihre schlaflosen Nächte beklagt. Ihre Verzweiflung hat sogar so weit geführt, dass die ganze Nachbarschaft über mein Schlafverhalten informiert war. Nun ist es endlich so weit, denn mit meinem 275. Lebenstag habe ich verstanden, dass Schlafen etwas Schönes ist: Man darf in die Welt der Feen und Elfen eintauchen, ohne dass man dabei vergessen oder verloren wird. Meine Mami ist ein wahrer Klatschexpress, denn die Neuigkeit meines engelhaften Schlafes hat sich mit rasender Geschwindigkeit verbreitet. Mindestens 33 Tage lang haben sie mich in den Himmel gelobt, bevor sie schon wieder etwas gefunden haben, was besser sein könnte. Sie jammern nun darüber, dass ich jeden Morgen mit dem Aufgehen der Sonne gut gelaunt in den Tag starten möchte – eben mit vollem Tatendrang und Gesang. Das ist Frau Mama und Herrn Papa nämlich zu früh. Sie würden gerne länger schlummern. Warum sind große Menschen immer so anspruchsvoll? Kaum haben sie das erreicht, was sie sich wünschen, ist es ihnen nicht genug, und sie wollen mehr.

Langeweile

💙

Liebes Tagebuch, manchmal kann das Leben mit meiner Mami unendlich langweilig sein. Ganz besonders, wenn sie mit irgendwelchen Dingen beschäftigt ist und keine Zeit für mich hat. Mami möchte dann, dass ich mit meinen Bauklötzen oder Kuscheltieren spiele. Die finde ich auch ganz toll, aber eben dann, wenn ich sie toll finde und nicht, wenn Mami möchte, dass ich sie toll finde. Ich versuche ihr meine unendliche Langweile zu verstehen zu geben, indem ich meinen Vierfüßlerturbo einschalte und hinter ihr her flitze. Doch kaum bin ich angekommen, saust sie mir schon wieder davon. Wenn ich es dann doch irgendwann einmal geschafft habe, kralle ich mich ganz schnell an ihrem Hosenbein fest und gebe ihr zu verstehen, dass sie mich gefälligst auf ihren Arm nehmen soll. Meine Mami lässt sich davon meist nicht sonderlich beeindrucken und wimmelt mich mit den Worten »Gleich, mein Schatz« ab, und *schwupps* ist sie schon wieder am anderen Ende des Raumes. Das finde ich dann so unsagbar gemein, dass ich ganz bitterlich anfangen muss zu weinen und in einem weiteren Schritt sogar zu schluchzen. In solchen Momenten weiß dann auch endlich meine Mami um den Ernst der Lage und nimmt mich schnell zu sich auf den Arm. Ich zupfe dann feste an ihrem Shirt, damit sie auch ja nicht auf die Idee kommt, mich wieder abzusetzen. Liebes Tagebuch, Mami und ihre Mami-Freunde jammern seit einiger Zeit schon darüber, den Raum ohne uns nicht mehr verlassen zu können. Ich finde das unmöglich, würden wir nicht unsere Rechte durchsetzen, so würden sie uns wahrscheinlich ganz vergessen. Immerhin bin ich nicht der einzige kleine Mensch, dem es da so geht …

Natur Pur

♥

Liebes Tagebuch, meine Mami ist eine richtige Allwetter-Mami. Sie geht mit mir immer an die frische Luft, bei Regen und bei Sonnenschein. Unsere Fahrten durch die Natur werden auch von Mal zu Mal spannender. Neulich hat uns sogar eine ganze Horde Enten verfolgt, sodass Mami mit mir die Flucht ergreifen musste. Das war vielleicht aufregend. Meine Mami meint ja immer, sie könne ihre Nervosität vor mir verheimlichen, aber da hat sie sich mächtig geirrt. Ein andermal haben wir es uns auf einer bunten Sommerwiese gemütlich gemacht. Während Mami faul auf ihrem Holzstamm saß, habe ich die Gegebenheiten der Natur erkundet, wie Ästchen, Blätter und Blümchen. Inmitten all dessen war so eine kleine glitschige Kugel, ich wollte gerade davon probieren, da sprang Mami auf und gab meiner Hand einen Ruck, sodass dieses Ding durch die Luft flog. Meine Mami sah mich ganz entsetzt an und sagte: »Martalein, bist du jetzt schon so hungrig, dass du Nacktschnecken essen musst?« Liebes Tagebuch, meine Mami ist manchmal schon seltsam, da ist sie die größte Naturliebhaberin, aber mich lässt sie noch nicht einmal von den Schätzen dieser Erde kosten.

Mein Weg in die Freiheit

❤

Liebes Tagebuch, du wirst es nicht glauben: Ich kann die Welt nun schon mit ein paar Schritten erobern, allerdings benötige ich hierfür noch ein wenig Unterstützung. Das Gefühl, mit beiden Beinen im Leben zu stehen, ist einfach großartig! Außerdem sieht die Welt da oben ganz anders aus, zumindest um einiges bunter als während der vorherigen 320 Tage. In den ersten Wochen und Monaten konnte ich nur an die Decke starren und sämtliche Nasenlöcher begutachten, dann folgte eine Zeit, während der ich unzählige Schuhe und Füße kennenlernen durfte, und nun kann ich, wann immer mir danach ist, die Welt mit anderen Augen betrachten. Es ist einfach mehr als gigantisch, selbstständig voranzukommen und nicht für jeden Mückenfurz Mami oder Papi zu brauchen. Meine neue Freiheit verlangt viele Popoplumpser, unzählige Tränen und eine Menge bunter Flecken, Mami nennt sie die »Tapfertupfer«. Außerdem sorgt mein Freiheitskampf bei Papi für große Aufregung. Der kann es nämlich überhaupt nicht mit ansehen, wenn ich – seine Püppi Hopp Sasa – unfreiwillig einen Käfer mache. Liebes Tagebuch, ich nehme jeden Plumpser für ein weiteres Stückchen Freiheit gerne in Kauf. Die Freude, wieder etwas gelernt zu haben, überwiegt mehr als alles andere.

Onkel Doktor

❤

Liebes Tagebuch, heute Morgen war ich schon bei Herrn Onkel Doktor. Meine Mami sagt, eine Welt ohne Doktoren wäre eine sehr leidende Welt und darum solle ich froh und glücklich sein, einen Onkel Doktor besuchen zu dürfen. Ich kann das alles nicht verstehen, denn jedes Mal, wenn ich zu Herrn Onkel Doktor gehe, piekst er mich. Ich erschrecke mich dann so sehr, dass ich anfangen muss zu weinen. Außerdem fühle ich mich danach immer so müde und erschöpft und bekomme hohes Fieber. Meine Mami tröstet mich dann und sagt, dass das bald vorbeigehe und mich vor schlimmeren Krankheiten schütze. Liebes Tagebuch, wie soll ich das nur verstehen? Da gehe ich gesund und munter zu Herrn Onkel Doktor und komme voller Erschöpfung und krank wieder nach Hause, und dann soll ich auch noch froh darüber sein und dankbar dafür. Ich mag den Onkel Doktor auch gar nicht mehr, denn jedes Mal tut er so, als wäre ich seine liebste Freundin, macht seine Scherze, bringt mich zum Lachen, und *schwupp* piekst er mich. Das hat er jetzt schon ganze fünf Mal geschafft, und jedes Mal bin ich darauf hereingefallen. Doch dieses Mal habe ich so laut ich konnte gebrüllt und nicht mehr aufgehört, bis wir dieses gemeine Pieks-Haus verlassen haben. Meiner Mami war es sehr unangenehm, und sie entschuldigte sich mehrmals. Die haben da alle so getan, als wären schreiende Kinder das Normalste auf der Welt. Na dann scheint es ja so, als würde es meinen ganzen Freunden genauso gehen. Manchmal ist es schon sehr gemein, so ein kleines Wesen zu sein.

Mein erster Geburtstag

♥

Liebes Tagebuch, Geburtstag zu haben ist einfach großartig. Du musst dir vorstellen, deine ganze Familie und all deine Freunde kommen angereist, um mit dir zu feiern. Sie singen für dich ein fröhliches Lied, und anschließend überreichen sie dir ein buntes Päckchen. Das knistert so herrlich schön, und am Ende liegen Hunderte von Teile um dich herum – da siehst du, was du geschafft hast. Ein bunter Tisch mit vielen Kerzen, die dein Gesicht hell erleuchten, ist gedeckt, und vor dir steht deine allererste Schokotorte. Du darfst davon naschen, ohne ein »Nein« zu hören. Sie strahlen dich noch immer an, selbst wenn dein ganzes Gesicht mit Schokolade vollgezeichnet ist. Am Ende des Tages bist du um ein Vielfaches reicher an Bauklötzen, Musikinstrumenten, Omis Stricktrends, Hosen und Schuhen. Dein Gaumen freut sich noch immer über die erste und leckerste Torte auf der ganzen Welt. Du bist von all den farbenfrohen Lichtern und Erlebnissen der müdeste und zugleich der glücklichste Erdenbürger, den es gibt. Dein Herz lacht noch immer und ist von Dankbarkeit erfüllt, so viele herzige Menschen um dich zu haben, die dich innig lieben.

Fräulein Raupe Nimmersatt

♥

Liebes Tagebuch, wie ich dir bereits berichtet habe, speise ich für mein Leben gerne. Mami nennt mich gerne Fräulein Raupe Nimmersatt, wobei ich fest davon überzeugt bin, dieses Gen nicht gestohlen zu haben. Immerhin vergeht kein Tag, an dem Mami nicht hier und da mal etwas nascht. Natürlich bekomme ich das in einer rasenden Geschwindigkeit mit, lasse jedes Spielzeug liegen und möchte auch ein bisschen davon kosten. Ist doch verständlich, oder etwa nicht?! Mami sagt dann immer: »Fräulein Raupe, du hattest schon, jetzt ist Schluss.« Aber Mami hatte doch auch schon, und zwar viel öfter als ich. Meine Mami meint, dass ich zu bestimmten Zeiten speisen sollte, weil das besonders gut für mich sei. Doch warum soll das nur für mich gut sein? Wenn Mami in die Küche schleicht, flitze ich hinter ihr her, ziehe mich an der Küchenschublade hoch und sperre weit mein Gäuschlein auf. Mami tut dann immer so, als hätte sie etwas gesucht und fragt mich dann mit vollen Hamsterbacken: »Martalein, was ist denn?« Liebes Tagebuch, warum versteht Mami nicht, dass ich schon längst nicht mehr auf ihre Schummeleien hereinfalle?

Ein Jahr groß

♥

Liebes Tagebuch, nun ist ein ganzes Jahr auf diesem wunderprächtigen Planeten Erde vergangen. Jeder Tag war anders, und jeder Tag war einzigartig – auf seine Art und Weise. Ich durfte gesund und munter heranwachsen. Das Leben hat es mir ermöglicht, ein halbes Meer mit Tränen zu füllen und es gleichzeitig mit meinem herzhaften, sonnigen Lächeln wieder zu trocknen. Ich bin mindestens unendliche viele Mal hingefallen und ebenso oft wieder aufgestanden. In nur 365 Tagen haben mein Mut und mein Durchhaltevermögen es geschafft, mich auf eigenen Beinen stehen zu lassen. Ich durfte Liebe und Geborgenheit erfahren und weiß, dass es da immer eine Schulter zum Anlehnen gibt. Wenn ich nichts weiß, so weiß ich doch, dass es nichts Wertvolleres gibt als das Gefühl von Liebe. Keine tollen Spielsachen und noch nicht einmal Schokotorte können dieses einmalige Gefühl ersetzen. Trotz allem durfte ich von den Geschmäckern bitter und süß probieren und feststellen, dass ich süß viel lieber mag. Ich habe verstanden, dass es das Wörtchen »Nein« gibt und ebenso, dass es Spaß bereitet, meine Grenzen zu testen. Seit meinem ersten Lebenstag schaffe ich es, eine ganze Großfamilie auf Trab zu halten. Sie können mit mir aus vollem Herzen lachen, und in manchen Momenten stehen ihnen auch Verzweiflung und Hilflosigkeit auf der Stirn geschrieben. Ich bin froh und dankbar, dass ich schon ein ganzes Jahr lang Teil dieser wundervollen Erde sein darf und möchte nun dieses Büchlein mit dem Kapitel »Ein Jahr Groß « beenden und ein neues öffnen. Mein liebes Tagebuch, habe Dank, du wirst bald wieder von mir lesen.